YASMIN!

la superheroína

escrito por
SAADIA FARUQI

ilustraciones de
HATEM ALY

PICTURE WINDOW BOOKS
a capstone imprint

A Mariam por inspirarme, y a Mubashir
por ayudarme a encontrar las palabras
adecuadas—S.F.

A mi hermana, Eman, y sus maravillosas
niñas, Jana y Kenzi—H.A.

Publica la serie Yasmin, Picture Window Books,
una imprenta de Capstone,
1710 Roe Crest Drive
North Mankato, Minnesota 56003
www.capstonepub.com

Texto © 2020 Saadia Faruqi
Ilustraciones © 2020 Picture Window Books

Translated into the Spanish language by Aparicio Publishing

Los datos de CIP (Catalogación previa a la publicación, CIP)
de la Biblioteca del Congreso se encuentran disponibles
en el sitio web de la Biblioteca.

ISBN 978-1-5158-5729-7 (hardcover)
ISBN 978-1-5158-5733-4 (paperback)
ISBN 978-1-5158-5737-2 (eBook PDF)

Editora: Kristen Mohn
Diseñadora: Lori Bye

Elementos de diseño:
Shutterstock: Art and Fashion, rangsan paidaen

Impreso y encuadernado en China.
002493

CONTENIDO

Capítulo 1

Superyasmin

A Yasmin le encantaba leer con Baba. Los cuentos de superhéroes eran sus favoritos.

Baba cerró el libro.

—Me encantaría ser una superheroína —dijo Yasmin.

—¿Qué es lo que te gusta

de los superhéroes? —preguntó

Baba.

Yasmin se quedó pensando.

—Que salvan a la gente —dijo.

—¿De qué? —preguntó Mama.

—¡De los villanos, por supuesto!

Mama se rio. —Se acabó

la lectura por hoy —dijo—. Hace

un día perfecto. ¿Por qué no sales

a jugar afuera?

Yasmin se fue dando saltitos hasta la habitación de Nana y Nani.

—¡Soy Superyasmin! —anunció—. ¡Voy a la calle a vencer a los malvados!

—Eso parece un trabajo muy importante —dijo Nani—. Pero todos los superhéroes necesitan un disfraz.

Nani sacó su dupatta y se la puso a Yasmin sobre los hombros.

—Aquí tienes una capa.

Nana sacó un antifaz para dormir. Le hizo dos agujeros para los ojos de Yasmin.

—Ahora sí pareces una
superheroína —dijo Nana.

—¡Gracias! —Yasmin se
despidió—. ¡Me voy a salvar
el mundo!

Capítulo 2

¿Quién necesita ayuda?

Yasmin salió afuera. Había muchos niños jugando. Unos paseaban en bicicleta. Otros pateaban una pelota de fútbol.

Yasmin buscó por todas partes. No vio a ningún malo. ¿Cómo iba a ser una superheroína si no encontraba a ningún villano al que vencer?

—¡Hola, Yasmin! —dijo la mamá de Emma. Estaba sacando la compra del auto. ¡Uy! Se cayó una bolsa y todo lo que había dentro salió rodando por la calle.

Yasmin corrió y recogió todo.

—Aquí tiene, Sra. Winters —dijo.

—¡Oh, qué gran ayuda,
Yasmin! —dijo la Sra. Winters—.
Muchas gracias.

Yasmin siguió buscando malvados. ¡A lo mejor había alguno escondido detrás del árbol! No.

—Oye, Yasmin —dijo Ali desde el frente de su casa—. Este problema de matemáticas es muy difícil. ¿Me puedes ayudar?

Yasmin averiguó la respuesta rápidamente. —Cuatrocientos setenta y cinco —dijo.

—Eres muy buena para las matemáticas, Yasmin —dijo Ali—. ¡Mil gracias!

Yasmin se despidió y siguió caminando. Tenía que encontrar a algún villano.

Capítulo 3

Heroína de verdad

Al final de la calle, vio a una niña llorando. Su pelota se había quedado atorada en un tejado. Yasmin miró a su alrededor. Vio un palo largo en el suelo.

—No te preocupes —le dijo a la pequeña—. La bajaré con esto.

La niña estaba feliz de recuperar su pelota. —¡Gracias! ¡Gracias! —dijo dando saltitos.

—No es nada —dijo Yasmin.

"¿Dónde estarán todos los villanos?", se preguntó.

Yasmin volvió a su casa.

Baba estaba esperándola

con un vaso de lassi frío.

—¡Superyasmin ha vuelto!

—dijo Baba.

—No soy una superheroína —murmuró Yasmin—. No encontré a ningún villano para vencerlo.

Tomó un sorbo del lassi y suspiró.

Baba la abrazó. —Vi que hoy ayudaste a mucha gente en la calle —dijo—. ¡Eso es lo que hacen los superhéroes de verdad!

—¿De verdad? —preguntó Yasmin.

—¡Claro que sí! Los villanos solo
salen en los cuentos —dijo Baba—.
En la vida real, los superhéroes
son los que dejan todo para ayudar
y ser amables con otras personas.

Yasmin bebió su lassi. —Tienes
razón. ¡Hoy ayudé! —exclamó—.
¡Supongo que al final sí soy
Superyasmin!

Baba se rio. —Ahora vuelve

a casa —dijo—. Los superhéroes

también tienen que hacer sus tareas.

Piensa y comenta

* Los superhéroes tienen poderes o habilidades especiales, ¡y las personas también! ¿Cuáles crees que fueron los superpoderes de Yasmin? ¿Cuáles son tus superpoderes?

* Inventa un superhéroe o una superheroína. Haz su dibujo y ponle nombre. ¿Qué habilidades especiales tiene? ¿Hay algún problema que deba solucionar?

* Piensa en alguien que admires, ¡alguien que es súper! ¿Qué admiras de esa persona? ¿Qué habilidad especial hace que sea un superhéroe o una superheroína?

¡Aprende urdu con Yasmin!

La familia de Yasmin habla inglés y urdu.
El urdu es un idioma de Pakistán.
¡A lo mejor ya conoces palabras en urdu!

baba—padre

dupatta—pañuelo o rebozo

jaan—vida; apodo cariñoso para
un ser querido

kameez—túnica o camisa larga

lassi—bebida con yogur

nana—abuelo materno

nani—abuela materna

salaam—hola

shalwar—pantalones holgados

shukriya—gracias

Datos divertidos de Pakistán

Yasmin y su familia están orgullosos de su cultura pakistaní. ¡A Yasmin le encanta compartir datos de Pakistán!

Localización

Pakistán está en el continente de Asia, con India a un lado y Afganistán al otro.

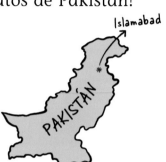

Fundador

Muhammad Ali Jinnah fue el fundador de Pakistán.

Héroes

Abdul Sattar Edhi fue un humanitario pakistaní que creó la red de ambulancias de voluntarios más grande del mundo. Se considera un héroe de Pakistán.

Dos personas de Pakistán han recibido el Premio Nobel: Malala Yousafzai por la paz en 2014 y Abdus Salam por física en 1979.

¡Haz un superhéroe o una superheroína con una bolsa de papel!

MATERIALES:

- bolsa de papel
- cartulina
- tijeras
- marcadores o crayones
- barra de pegamento o cinta adhesiva
- limpiapipas
- opcional: brillantina, lana (para el cabello), otros materiales de arte

PASOS:

1. Aplasta la bolsa de papel y pon la parte de abajo hacia arriba. Dibuja unos ojos y una boca en la parte que se dobla de la bolsa.

2. Recorta una máscara de cartulina o dibuja una con un marcador. Haz una capa con cartulina. ¡Decora la máscara y la capa como tú quieras! Pégalas a la bolsa de papel para hacer el disfraz.

3. A los lados de la bolsa, pega limpiapipas con pegamento o cinta adhesiva para hacer los brazos.

4. Crea un logo para la parte del frente. Usa tu inicial o dibuja un símbolo. Añade otros materiales de arte para dar los toques finales a tu superhéroe o superheroína. ¡Ya acabaste!

Saadia Faruqi es una escritora estadounidense y pakistaní, activista interreligiosa y entrenadora de sensibilidad cultural que ha salido en la revista *O Magazine*. Es la autora de la colección de cuentos cortos para adultos *Brick Walls: Tales of Hope & Courage from Pakistan* (Paredes de ladrillo: Cuentos de valentía y esperanza de Pakistán). Sus ensayos se han publicado en el *Huffington Post, Upworthy* y *NBC Asian America*. Reside en Houston, Texas, con su esposo y sus hijos.

Acerca del ilustrador

Hatem Aly es un ilustrador nacido
en Egipto. Su trabajo ha aparecido en múltiples
publicaciones en todo el mundo. En la actualidad
vive en el bello New Brunswick, en Canadá,
con su esposa, su hijo y más mascotas que
personas. Cuando no está mojando galletas
en una taza de té o mirando hojas de papel
en blanco, suele estar dibujando libros. Uno
de los libros que ilustró es *The Inquisitor's Tale*
(El cuento del inquisidor), escrito por Adama
Gidwitz, que ganó un Newbery Honor y otros
premios, a pesar de los dibujos de Hatem
de un dragón tirándose pedos, un gato
con dos cabezas y un queso apestoso.